青空《あおぞら》散歩《さんぽ》

草花すみれこ
KUSABANA Sumireko

文芸社

青空散歩　目次

青空散歩

そよ風に吹かれて
もんしろ蝶と
花を見つけて
虹を見つけて
自由を探して

空の色

高校を卒業してまもなく、田舎の郵便局の電話交換手になった。郵便局の二階に、電話交換室はあった。

二階の窓は二つ並んで、外側に開くようになっていた。

休憩時間になると、交換室の隣に畳敷きの、そちらにも窓がある部屋があり、編物をしたり、本を読んだり、お茶を飲んだりした。

宿直勤務の時は、夕方から二人で電話交換をして、夜中になると、畳のある部屋でふとんを敷き、交替で仮眠をする。電話がかかってくると、パタと番号札が落ちる音がして、電話線を繋ぐのだ。冬はストーブを消しているので、長い電話だと寒さにふるえた。

交換台が何台か並んでいる部屋の、外側に開く窓は北をむいていて、右手に、かなり標高の高い、Ａ山が見えた。

春になると、緑色の山が白っぽくなるので、毎年不思議に思っていたが、コブシや、山帽子や、山桜などが咲くのだと、何年も経ってわかってきた。一度、同僚たち、郵便局勤務の男の人たちと登ったことがあるが、険しい、急な登り坂の山道で、体力のない私には、かなり堪《こた》えた。

ある日の午後、外側に開く窓から外を見ていると、小雨、というほどでもない、やわらかな雨もあがり、空の色も大気も、ほんのりした紅色に見える。そこら中、ほんのりした紅色だ。

周りの人に声をかけ、一緒にうっとりしようとしたが、三人ほどいたうちの、だれもそんなように見えないというので、意外に思ったのを覚えている。

郵便局の建物が古くなり、少し離れた場所に、新築の建物が出来上がった。平屋造りで、電話交換室は全面東向きの大きなガラス窓の部屋になった。前よりもA山が少し近く、外は田や畑なので、見はらしがよい。

雨上がりには、A山の空に、虹がかかった。それも、大抵、みごとな二重の虹なのだ。今も目に浮かぶ。

八年間勤務し、合理化になり、皆さんとお別れの会をし、退職したのだった。

その後、私は結婚して、神戸の六甲に住んだ。

岡本に引越してしばらく経った冬のことだったと思う。外に出て、北の空を見ると、山並みの上の空が、西から東へ、きっちり縦割りの、七つか八つに、定規を当てたように区切られている。それぞれの色が、それぞれ渋く、緑から青、青から紫へと色分けされている。

その時の空も、紅い空と同じく、二度と見ていない。

しみじみと懐かしい、もういちど見てみたい、美しい空の色だ。

ケ・セラ・セラ

小学校から帰ると、いつもラジオから何かが流れていた。尋ね人の放送もあった。戦争からまだ帰ってきていない人を待っている人たちがいるのだ。何人もの人たちの名前が読みあげられていた。

丘の上の見はらしのよい、全面ガラス戸の平屋の借家。隣町の隣町まで山々が連なっていて、鉄道が伸びていて、ずっとその先に、何度も遊びに行っている神戸の街がある。早くまた行きたいと、いつも思っていた。

ラジオから歌謡曲をよく聞いた。ドリス・デイの歌をペギー葉山が歌っていたと思う、「ケ・セラ・セラ」はとても好きだった。

この歌で、私の楽天的な性格が作られていったと思う。

守屋浩の、「僕は泣いちっち」を聴いたのは中学生になってから。初めて聴いた時、たちまち心をときめかした。独特の、軽いタッチのオシャレな声。

家の近くの仲良しのS・Hさんは、橋幸夫の「潮来笠」が大好きだった。

二人で小学校から帰る時、自動車を見るのが珍しい一本道を、歌を歌って帰った。S・

Hさんは、私が引越してきた時、まっ先に遊びにきてくれたのを思い出す。S・Hさんは、中学校を卒業して、三重県に就職され、しばらく文通をしていたが、いつしか途絶えてしまった。

守屋浩のドーナツ盤のレコードを買ったのは、高校を卒業してからだった。

彼のコンサートには一度も行っていない。豊岡に来て、同級生で行った人があり、私に色紙より小さい紙に書いた彼のサインをくれたっけ。

先年亡くなられ、東京のコンサートを調べて行けばよかったと、残念でたまらない。

守屋浩ほど好きになった歌手は、長く生きてきたけれど、他にいない。ありがとうと、ドーナツ盤のレコードの彼に微笑む。

映画館

高校を卒業し就職した頃、隣町にはまだ映画館があった。小学校の時、小学校中学校各一学年で、小中合わせて、まず登校して、行列をして歩いて映画館に行くことが、毎年あった。

映画が始まる前に、独特な男性アナウンサーの声でニュースが映される。オーロラを初めて見て、怖ろしかったものだ。あれから六十年が経ち、カラーテレビでオーロラが緑や赤にたなびくのを、美しいのでいつまでも見ていたいと思う。白黒の画面で、フランス、パリのファッションが映されたのを、うっとりと見ていたのを思い出す。

「笛吹き童子」

♪ヒャリーコヒャラリコ、ヒャリーコヒャラレロ♪のメロディーが流れる。シリーズになっていて、何度も見に行ったと思う。

大友柳太朗の映画も、行列をして、何度も見に行った。映画の題名は「快傑黒頭巾」、カッコイイ人だった。

引越しをしたので、隣町の映画館は、歩いて行ける場所になった。電電公社が近くの町にできて郵便局で電話交換をしなくなり、電話交換手の合理化事業で、郵便局を退職した頃だったと思うが、一人で映画を見に行った。

「ガメラ対バルゴン」

テレビが普及して、映画を見る人は少なくなっていた。映画館に入ると、何と、観客は私一人だった。椅子席は取り払われて、全面のシートになっていた。

長年の仕事から解放されて、のんびり映画館に行ってみると、怪獣映画だったのだが、ガメラが良い怪獣というのはなぜだか知っていた。

シートの真ん中の中央に座り、映画が始まった。ガメラとバルゴンが戦う。ガメラはきれいな川の水の中で、じっと傷付いた体を休ませる。清らかな川の流れの中で、体力が蘇る。

ガメラとバルゴンが戦う。激しい戦いだ。ガメラが勝った。バルゴンは断末魔の雄叫びとともに、画面いっぱいに虹をかける。ガメラが右にいて、バルゴンが左にいる。その反対だったかもしれないが、悪い怪獣が虹をかけて、私は虹が好きなので、オオ、と目を瞠《みは》った。私の虹のコレクションのひとつだ。

そして、映画館の人は、たった一人の客にも、映写してくれて、夢中になって見ることができて、感謝でいっぱいだ。

落下傘スカート

高校生になる春休みに、母と弟と、神戸の母の親戚の家に行った。

新しい、といっても、姉が卒業式に作って着た、セーラー服の緑の線を、白い線に仕立てなおしたのを着ていった。

母の姉、姉が嫁いだ家は、神戸港の船の仕事の工場をしていた。道路側は事務所になって、四、五人の人が机に向かっていた。

母の母、私の祖母になる人は、私が生まれた時はもういなかった。後妻だったが、先妻の子を、実の子のように、後から生まれた自分の子たちと、分け隔てなく育てたそうだ。母の姉は女学校出だが、母が女学生になる頃家業が傾き、母は女学校へは行けず、洋裁の仕事をした。それで母の姉、私の伯母は、私の祖母に恩を感じて、いつ行っても親切にしてくれたのだろう。

高校のセーラー服を着て行ったのは、他に外出着を持っていなかったからだ。県立高校に入ったので、皆が誉めてくれたのではないかな。

事務所で働く若い女の人は、落下傘スカートを着ていて、見せてくれた。スカートの下に、ゴースで張りをもたせるための、バレリーナの衣装のようなペチコートが縫い合わされている。

次の日の時には、水色の生地を、ワンピースにするのだと、披露していた。同じ色の水玉と色とりどりの水玉と、大小の水玉と、どれにしようかと思案して、パステル色の色とりどりの、大小の水玉にしたのだ、とのことだった。

その頃は、若い女性も中年の女性も、ワンピースをよく着ていた。

落下傘スカートを、社会人になったら私も着たいと思っていたが、もう流行は過ぎ去っていた。姉が母に教わりながら、学校の洋裁の宿題の、ゴースのペチコートを作っていたのを覚えている。

もういちど、落下傘スカートの流行がめぐってこないかなと、待っていたけれども、やってこなかった。

四十歳くらいなら、勇気をだして着たと思うが、七十代も後半になってしまった。残念でたまらない。

このごろの女性の服は、男女の差がなくなり、いいことでもあるのだろうが、街へ出ても黒っぽい上下で、パンツが多く、地味すぎる。

私は、精いっぱい、明るい服装をしているが、寒がりなので、冬はスカートははけない。

近年は災害が多く、そのせいもある。
私も、そんな時は暗めの服になる。
これ以上、災害がないことを、心から祈る。
しかし、そう思っていた矢先、能登半島地震が起きてしまい、つらい。

トラック

高校を卒業して、郵便局で電話交換手として働きはじめた頃、宿直勤務が終わり、朝方、汽車で一駅の、私の住む町に帰り、駅前を歩いて家にむかっている時、後ろから自動車の大きなエンジン音がきこえてきた。と思ったら、何か叫んでいる。

振りむくと、高い運転席に、運転手さんが、

「ナニナニはナニッ？」

と聞いているみたいだ。

「姫路は、どっちの道？」

と言っているのがわかった。

丁度そこは道が分かれていて、かなり昔のことだから、標示はなかっただろう。

右に行けば、姫路から神戸か岡山。

左に行けば、福知山から大阪だ。

走って姫路への道へ行き、左手で大きく示した。

「ありがとう」

と、運転手さんは私に大きく頭を下げて、姫路の道へと自動車を動かした。

その荷台の長さに、私はたまげた。

それまで見たことのないすごい長さだった。

このごろの、コンテナというのか、白い箱型のトラックではなく、トラックの荷台を長くしたもので、荷台には何も載っていなかったと思う。

小さな町の狭い道をよく曲がれるなと、私はその長いトラックを見送った。

あれから、私は神戸に住み、それから西宮に住んでいる。

バスを待つ間、トラックが何台も通る。あの時のトラックは、このくらいの長さだったかなと、よく思い出して待っている。

月日が経ち、夜がきて、眠るが、たいてい二時か三時ごろ、目が覚めてしまう。

窓辺に立ち、カーテンのすき間から、海にかかっている橋を見る。緑の灯りと赤い灯りが離れていて、順番に光る。

白いコンテナのトラックが、西から東へ、東から西へと、橋の上を走っている。

深夜なのに、私たちのために、スーパーへの食物を運んでくれる。もっと重たい物も運んでくれているだろう。

テレビで、芸人や芸能人が、北海道から九州へ、九州から北海道へ、あるいは東京から四国へと、さまざまなルートで、ヒッチハイクでトラックに乗せてもらう番組が、何度もあり、毎回楽しみに見ていた。

雪の東北や、北海道の時もあった。雪の道で手をあげ、乗せてもらい乗り継いでいく。荷が同じだと、乗せてもらえないルールだ。芸能人や芸人と話をして、運転手さんの人生を知る。

どうぞ事故のないように、お仕事が順調でありますようにと、いつも願っている。

一人旅　その一

一人旅、といっても日帰りの旅だが、独身の頃、二回行ったことがある。

城崎へは、家族で一泊したことがあり、小学校の行事で、近くの浜へ海水浴に行った。成人してから友人たちと何度も海水浴に行ったので、全く知らない土地へ行くのではない安心感があった。

汽車で一時間くらいか、もう少しかかったか、城崎へ着き、観光名所の日和山へ行った。気持ちよく晴れた日で、観光客に混じり、竜宮城の乙姫さまと浦島太郎を思い浮かべ、海の方へ行くと、海女さんが海に入って貝を採ってくるのを見る。もがり笛という、

「ピーッ」

と吹きわたる笛をきいて、海の底へ潜ってくる凄さを知った。

歩きまわり、岩場へ行くと、白い制服を着た若い男の人が三人、思い思いに、一人は立ち、二人は腰かけて、海の方を見ている。

日本海の、澄みわたる、青い海である。

海の方に目をやる、凛々しい青年たち。

絵になる美しさで、しばらく見とれていた。

近くにいる中年の男の人が、

「あんたたちは、どこの人？」

とききき、

「自衛隊です」

と答えた声が、今も耳に残っている。

爽やかさが広がった。

自衛隊の方たち、というと私にはもうひとつ、折りにふれ蘇ってくる、若き日の光景がある。

一九七〇年の万国博覧会にいく時に、姫路の駅デパートで買ったミニ丈のワンピースを着ていたから、そのすぐ後の頃。ワンピースはごく淡いオレンジ色の地に小花模様で、V型の衿なし、半袖、身頃はローウエストで切り替えのフレアスカートだ。ローヒールの靴もその時、パッと目に入ったもので、薄茶の靴の爪先は濃い茶で、先は空いている。甘いオレンジ色のつば広の夏帽子も買った。

その服装で、免許を取ってまもない長兄の小さな車に乗っていた。

普通速度より遅めに、ゆっくり走っていた。姫路近くに住む親戚の家に泊まりがけで行った帰りだったから、兄は運転の練習も兼ねていたのだろう。

夕方頃、家に帰る道を走っていると、自衛隊の車列が、次々と、兄の車を追い越していく。

カーキ色の車と、カーキ色の制服の人たち。何台も、何台も、何台も、通り過ぎていく。幌のついた荷台に、こちらをむいて座っている人たちの車も、時々ある。

私は、カッコいいなあ、と見送っていて、ふと手を振りたくなって、そっと手を振った。手を振り返してはくれなかったが、規則で、決まっているのだろう。

どこかで演習を終わってきたのか、それにしては車列が長いので、岡山の方へ移動されているのか、と想像していた。

素敵な出来事だった。

その日から、自衛隊は、親しみのある存在だ。

そして、七十歳になろうとする頃、ある不思議な出来事が起きて、自衛隊の方たちとご縁ができた。凛々しい白い飛行機、青い空に飛行機雲が、素晴らしい美しさだ。

ヘリコプターの音も頼もしく、見上げている。

運命に感謝している。

私にいつも元気をくださる、皆さん本当にありがとう。


さて、城崎の日和山に話は戻るが、貝殻を買った。

大きなオキナエビスと白くきゃしゃなホネ貝と、それは美しいイジンノユメ、フリルのような飾りがだんだらについている。

オキナエビスを耳に当てると、ボーッと海の音がする。

　私の耳は貝の殻
　海の響きを懐しむ

ジャン・コクトーも、貝殻を耳に当てたことだろう、と空想する。

その三つの貝殻は、何回かの引越しにも耐えて、戸棚に飾っていたが、大切な物でいっぱいになってきたので、箱に大事にしまってある。

一人旅　その二

日帰りの一人旅。城崎の日和山に行って、しばらく経って、鳥取砂丘へ行った。

砂丘、というものを見てみたかった。

サハラ砂漠に行ってみたい、と思っていたが、あまりにも遠い。

秋、だった気がするが、その日もよいお天気で、汽車の窓から景色を見ていると、車掌さんが切符を見にきた。急行に乗っていたと思うが、車内はそれほど混んでいなかった。

中年の車掌さんが、高校生かと思うほど若い女の子が、荷物も持たず、一人で遠い所へ行くのを心配してくれたのか、声をかけてくれた。

「鳥取砂丘を見に行きます」

と言うと、笑顔で頷いてくれた。

餘部《あまるべ》の鉄橋を通る前、車掌さんのアナウンスで、鉄橋について案内された。

古きよき時代だった。

砂丘に着いて、砂に足をとられながらも、進んでいくと、広い海があり、砂丘は広大で、来てよかったと思った。当時は駱駝はいず、観光客だけで、本当にのんびりしていた。

歩き回り、堪能して、駅に戻り、駅デパートで食事をして、私は洋服売り場に行った。

白地に衿口と袖口が、薄緑の糸でスモッキング刺繍されたブラウスと、カフェオレ色の、やや厚地の長めのタイトスカートを買ったから、やはり秋だったのだろう。

　気に入って、何度も着ていた。

鳥取砂丘には、もう一度行ったことがある。

同僚たちと、自動車に乗せてもらって行った。

砂丘に着くと、驚いたことに、私一人で行った時と、砂丘の形が変わっていた。

一年か二年経っていたのか、風が吹いて風の力でこんなにも形が変わるのだなと、新しい発見だった。

この頃、私は二十三、四だった。

二十五歳までに嫁がないと、嫁《い》き遅れと言われていた時代だった。

私は、本をよく読むようになっていた。

ベッドの中で、夜通し読み、初めて夜明けを迎えたのもこの頃。

二階から外を見ると、樹々の多い庭は、生まれたての地球のように美しい。

光がほんのり増してくる。大気も生まれたて。

私は夜明けの魅力にめざめ、そのあと、何度も徹夜で本を読んだ。

さて、初めての鳥取砂丘行きで買ったブラウスは、着なくなった特別お気に入りの洋服を、カラーボックスにしまって、押し入れの奥に置いてあるが、今ではいちばん奥に追いやられていて、中を見てみたいが、力がいるのでそのままになっている。

白いローン地の、パフスリーブで、袖にピンクやオレンジの小さな刺繍のアップリケの花が散らしてあるブラウスに、甘いオレンジ色のミニフレアスカートを取り合わせて着ていたっけ。白地にピンクの水玉の、衿なし袖なしのブラウスに、同じ布地のミニフレアスカートもお気に入りだった。

信州

郵便局に勤務していた頃、電話交換手をしていたが、同僚の若い女の人たちと、よく旅行に行った。

M・Kさんと信州旅行に行ったのが最初だった。カメラはまだ貴重品で、写真屋さんで借りて行った。

汽車で車中泊で、上高地に行った。

私たちの座席の隣も、若い女の子二人で、その子たちは大町へ行くのだと、降りていった。

車窓からは棚田がきれいだったと、M・Kさんは言い、私は眠っていて見られなかった。

上高地の「アルプス一万尺ロッジ」は二段ベッドが両端に並んでいて、荷物を置き、早速、目の前の梓川を見に行った。

アルプスの深い緑の山並みに白い雪が筋になって残り、雄大だ。

梓川に木の橋がかかり、水の流れが早く、深緑色の水の色が清らかだ。人々が、そこここを散策している。

食事の前にベッドで横になっていると、食事の時間がきたが、M・Kさんはよく眠っていて、そっと声をかけても起きないので、仕方なく待っていた。

同室の女性二人が私に、どこから来たのかきき、気の毒そうに、先に食事に行った。やがてM・Kさんも目をさまし、食事にありついた。

翌日、よく雑誌で見ていた、水の中に木が立っている光景を見て、田代池に行った。緑の雑木林のなかの、のどかな田代池が、私はものすごく気に入り、近くだったら毎日のように来るのに、と思った。

平湯に行き、小鳥の声があちらからもこちらからも、それはみごとに囀《さえず》っている林を歩いた。

M・Kさんが、バスまで時間があるので、もういちど小鳥の声をききに行かない？　と言ったけれど、前日、下呂温泉で一泊していて、今日もよく歩いて、足が疲れていたので、私は断ってしまった。小鳥の声は聞きたかったと今でも残念だ。

M・Kさんは下呂温泉の宿に着き、やれやれとくつろいだ時、カメラを覗きこみ、

「アッ、壊れてるッ」

と大きな声をだし、私は、

「エッ⁉」

とたまげた。

M・Kさんがよく見ると、レンズの奥のカメラは、折り紙のように畳まれた構造になっているのだった。本当にホッとした。

前日、下呂温泉に着き、お湯に入った時、私の指にかすり傷があったのだが、お湯から上がって、気がつくと、きれいに治っているのだった。

あれから、指をケガすると、下呂温泉に行きたいなーと思うが、行けていない。

そして帰る列車から、白川郷の合掌造りの家が見えたというが、私は眠っていて見られなかった。起こしてくれたらよかったのに。

だからM・Kさん、平湯でもういちど小鳥の声をきけずに、わるかったけど、食事の時間を待ったし、カメラのレンズでおどかされたし、合掌造りの家が見られなかったし、おあいこになったのよ。

M・Kさんは郵便局の同僚と結婚され、合理化で、電電公社に行かれた。

お手紙や年賀状のやりとりを、しばらくしていた。

萩

同僚の電話交換手のH・Tさんと、津和野、宮島、萩の旅をした。

私は緑地のタータンチェックの、スカートはプリーツのワンピースを着ていた。バッグは緑のタータンチェックの大きめの縦長の。

H・Tさんと私は、ほぼ同じ背格好だ。

津和野で貸自転車を借り、森鷗外の生家をめざした。道路はまだ舗装されておらず、石コロ道をハンドルに力を入れて走っていると、中年をすぎたくらいの、あるいはもう定年退職されたくらいの男の人が、後ろから私たちに追いついてきて、どこに行くのかきき、道案内をしてあげると言う。

H・Tさんと私は、困惑して顔を見合わせていたが、私は意を決して、私たちだけで行きますので、と断った。

決して悪い人には見えず、暇をもてあましている人のように感じられたが、いきなり知らない人に気を遣いながら行くのはご免被りたかった。

前に、私たちのような人たちを案内して、喜ばれたことがあるのかな、と思ったりして、自転車を走らせた。

森鷗外の幼名を〝林太郎〟というのもまだ知らず、森茉莉の、「贅沢貧乏」や「恋人たちの森」や「甘い蜜の部屋」も、まだ読んではいなかった頃だが、教科書で習った「舞姫」を知っていたので、H・Tさんと私は行ってみたいと思ったのだろう。

家は、木造の、こぢんまりした家だったと思うが、掃除がいき届いて、玄関や縁側や障子の桟が、それはきれいに拭き掃除がしてあったのを覚えている。

そのあと汽車に乗って、宮島に行った。

宮島の広々とした感じを、再び感じて歩き、大きな赤い鳥居は、引き潮で、そこまで歩いて行けた。修学旅行の時は、赤い鳥居が海の中に立っていたので、得した気分だった。

岩国市の錦帯橋《きんたいきょう》は厚底靴で歩きにくかった。

翌日、萩に行き、幼い高杉晋作が強くなるように見たお面と、そのあと吉田松陰の家に行った。やはり掃除が行き届いていて、きれいに拭き掃除がしてあった。縁側から見ていた。秋吉台を歩き帰途についた。

お土産用に萩焼の、私用の湯飲みを買って帰り、しばらく使っていた。

海水浴

H・Tさんと城崎の近くの、竹野浜に海水浴に行ったこともあった。

私は、生まれついてののんびり屋で、その日も、大あわてで自転車に乗って駅へ行き、海水浴用の白い麦わら帽子をかぶり、麦わらバッグに海水着など荷物を入れたのを持ち、走って階段を登り、プラットホームはガランとして、発車のベルが鳴りひびいている。

H・Tさんは汽車の上り口のところのプラットホームに立ち、私を待っていた。

ごめんごめんと息も切れ切れに走って飛び乗り、間に合ったのだった。

竹野浜に着き、遠浅の浜で、泳げなくても海に浸かれる。

波とたわむれていると、珍しく大きな波がきて、私は足をすくわれ、転んだ。すぐ立ち上がれると思ったのに、波がくるとまた足をすくわれ、海水をのみ、私は焦った。

H・Tさんが腕を伸ばして私を助けてくれた。

H・Tさんが腕を伸ばしているのも、私は横向きにつんのめるような形になっていたので見えなかった。膝くらいの浅い所で、私は溺れそうになっていたのだ。

H・Tさんは、

「あれ？　O村さんがいない、と見渡したら、足元にいたんよ」

と笑って、私も、

「なんでか、立ち上がられへんかったんよ」

と苦笑いだった。

でも、そんなことでは少しもメゲず、海水浴は魅力があり、泳ぎも三回ほどの平泳ぎのままだが、それから何度も海水浴に行った。

H・Tさんは合理化で、神戸の貯金局へ移られ結婚された。私も結婚して神戸に住み、たまに電話で長話をしている。

H・Tさんと、京都に行ったこともあった。一日あちこち回り、平安神宮の前のバス乗り場で、京都駅行きのバスを待っていると、ポツ、ポツ、と雨が降ってきた。そのままバスを待っていると、ふいに雨が止んだ。上をみると、こうもり傘がある。ふりむくと、会社員風のおじさんが、私たちに自分の傘をさしかけてくださっていたのだ。

有り難くて、忘れることができない。

素敵な京都の思い出だ。

北海道

同僚の電話交換手のY・Tさんと、ツアーで、北海道旅行をした。汽車で、福知山駅で集合し、東海道本線で東京駅に着き、東北本線に乗り換え、北海道を目指すのだ。青森駅で降り、青函連絡船に乗った。フロアに雑魚寝だ。Y・Tさんと私に、すぐそばにいたおじいさんが、何か話しかけてこられる。津軽弁なのだろうが、全く聞きとれない。若かったので、兵庫県から来たと言えばよかったのに思いつかなかった。

おじいさんは座っている私たちに、早く横になりなさいと言っておられるのは何となくわかった。場所がふさがらないうちにと、親切に言ってくださったのだ。

すぐねていて、ざわめきで目をさまし、函館港が近づいているのを知り、Y・Tさんと甲板に見に行った。

夜明け間近の、函館港の灯りが、ものすごく美しい。旅行から帰っても、その美しさを何度も思い出していた。

ツアーの添乗員さんは、中年と青年のお二人で、二十人くらいの一行だった。おじいさんたちが多かった。

函館から待っていたバスに乗り、襟裳岬に着くと、昆布がそこら中いっぱい、地面に並べて干してある。幅広で長い昆布が珍しい。ツアーの同行のおばさんたちは、昆布を買って、宿でお土産用に束にしていた。

汽車に乗り、窓の外は広々とした緑の大地で、北海道に魅せられた。

登別温泉に泊まった。

外にでると、古潭《こたん》の町のアイヌの人たちがお土産を売っている。熊の木彫りの置物と、ペンダントを買った。

屈斜路湖は霧で見えなかったのだが、阿寒湖では観光船に乗り、原田康子の小説「挽歌」にでてくる、白いサビタの花が見られて感激した。「毬藻《まりも》の歌」のドーナツ盤のレコードを買った。

阿寒湖の近くの宿に泊まり、「挽歌」に出てくる幣舞橋《ぬさまいばし》が見たかったのだが、ツアーの行程にはなく、タクシーで行けばよかったと、帰ってから思った。

桂木さんと怜子の素敵な恋。桂木さんが怜子に話す、アンコールワットを行ってみたい、と読んでいた。

順番が前後しているかもしれないが、バスで、三十分直線道路を走った。

緑の山の斜面にみごとな滝が流れていた。

二つの滝があり、清々しかった。

原生花園で、サロマ湖を見て、うっとり甘い香りの、はまなすが紅色に咲いているのだった。小さな香水瓶を買った。

摩周湖は晴れ渡り、みごとな眺めだった。

帰りは飛行機だ。

窓から下北半島が地図そのままに見えて感動した。

飛行機に乗ったのは、その時が初めてだった。

素晴らしい北海道旅行から帰ると、涼しいところに一週間いたので、暑くてたまらなかった。

私の実家は冬は積雪地帯だから、夏も温度計は三十度ギリギリに近づいているが届かない、まだましの暑さだったのだが、ぐったりしてしまい、秋になるまでしんどかった。

Y・Tさんに北海道旅行に誘ってもらって、行けてよかった。

シャーロック・ホームズのオーバー

郵便局が合理化になる頃、私はツイードの薄青色地に、細かい黄と赤の粒々が散っている生地の、ケープのついたオーバーを着ていた。

神戸の「そごうデパート」の洋服売場で生地を選び、仕立ててもらった。母と姉とで行った。

デパートから、洋服箱に入ったオーバーが送られてきて、私は早速、通勤に着て行った。

通用口から局舎に入っていくと、若い男子から、

「シャーロック・ホームズ！」

と声をかけられた。

「まあ、シャーロック・ホームズを、この人も知っているんやわ！」

と嬉しい気持ちがした。

デパートの洋服売場で、デザインを伝える時、シャーロック・ホームズを思い浮かべて頼んだのだった。

コナン・ドイルの推理小説、「シャーロック・ホームズ」を、創元推理文庫で、私は全

巻読んでいた。私立探偵シャーロック・ホームズ。

イギリス、ロンドンのベーカー街221のBに、シャーロック・ホームズは住んでいる。友人で医師のワトソン博士とともに。

人柄がよく、料理も完璧なハドソン夫人に世話をされて暮らしている。

その後、私は六甲、岡本、西宮と引越し、テレビで、シャーロック・ホームズのシリーズが始まると、毎週楽しみに見ていた。

かっこいいジェレミー・ブレット演じる、シャーロック・ホームズ。タイトル曲とともに、いかにも英国紳士の部屋という、黒い模様のカーテンの窓辺に佇む、ホームズの横顔がアップになる。

部屋は落ちついた壁紙に、大きな横長の机。ランプや実験道具が置かれ、ゆったりした安楽椅子に、ホームズが座っている。

外に出かける時は、雑誌などで見たケープのある洋服を着て、前と後ろに折り返しのある帽子を被るのか、と思っていたら、黒いフロックコートを着て、黒いシルクハットを被っている。そしてステッキを持つ。

たまにツイードのコートを着て、前後に折り返しの帽子を被っていた。汽車に乗って、遠方へ事件の解決に行く。

悪人モリアーティ教授と、滝の上で決闘をして、二人滝の下に落ちていくシーンは圧巻だった。そして、さびしい思いで暮らしているワトソン博士の元に、姿を現す。

何年も経って、またシリーズがあった。

その時は黒いセーターとズボンの上に、手編みのガーター編みの長い襟巻きをしていた。やはり、ジェレミー・ブレットが演じた。

ベーカー街221のB。いつだか室内を詳しくイラストで描写してある本を見つけて買って、虫眼鏡で熱心に見た。

作者のコナン・ドイルは、毎日新聞に本人の写真と、妖精を見たという、紙で切り絵の写真がでていた。

難しい推理を、幾つも考えた上に、夢みる心も持つ人だと、私は大いに尊敬した。

当時のイギリス人は、緑の林や森が、今よりもっと多かったことだろう。

妖精が存在していたかもしれない。

吹雪

実家にいて、郵便局に勤めていた頃、冬がくると、積雪した。

白い雪は美しいが、雪の道を歩くと滑る。

高校生の時は、自転車に乗って、駅まで三十分くらいの道を、積雪の道を走るのは骨が折れた。

朝七時の汽車に乗るため、隣町まで、いくつもの自転車の跡を辿って走る。

その日は大雪で、道は積もった雪でまっ白で、猛吹雪で、さらに降りつもる。

汽車に間に合うように、必死で自転車に乗っていたが、ドッテーンと、ひどく転んでしまった。

冷たいし痛いし、汽車にはもう間に合わないし、私は自転車をよう起こしもせず、悲しくなって泣いてしまった。

泣きべそでしゃがんでいると、後ろからきたオートバイの男の人が、自転車を起こしてくれ、声をかけてくれた。でも私はうつむいて泣きべそのままで、お礼を言うこともできなかった。

その人も急いでいるだろうに、元気をだして行くようにと、気がかりそうに去っていった。親切な人、ありがとうございました。

雪の結晶

寒いある日、勤務先から帰る時、降る雪が、いつものようではなく、なにか一粒一粒が、長く重たく見える。

ふと服をみると、赤いコートの胸に、ひとつ、雪の結晶があった。

雪の結晶。本や雑誌でみた、美しい雪の結晶。

その頃は、目がはっきり見えていた。

あまりにも寒い日だったので、雪の結晶のまま、私の胸に空から届いたのか。

後にも先にも、一度限りのことであった。

スキー

郵便局に勤めるようになって、同じ高校を卒業して、銀行に勤めるようになったK子さんと、いつも姫路まで映画を見にいったことは、拙著『私の花物語』文芸社刊、にも書いたが、スキーにも何度か行った。

K子さんは手編みの赤い帽子とミトン、私も手編みのピンクの帽子とミトンで、神鍋《かんなべ》スキー場に行き、二人とも少しも上手にならなかったが、リフトにこわごわ乗り、ゲレンデをこけながら滑った。

機械編み

K子さんと、編物の機械編みを、一緒に習ったこともある。

自分のセーターや、兄のカーディガン、姪や甥のセーターなどを編んだ。

毛糸でボタンホールを習い、枝葉減目の仕方が難しく、模様編みや二色の編み込み、透かし編みも習った。

結婚して、三畳と六畳のアパートでは、機械を広げられず、押し入れにしまったままで三年経って、岡本のアパートに移った時、さあ編みましょうと、機械編み用の細長いテーブルを出し、椅子に座ったのだが、何と、たった三年で、編み出しの仕方を、すっかり忘れているのだった。

岡本にも機械編みの教室があり、一年くらい習った。

その編み機を入れた横長の箱は、今もこの家のベッドの下に置いてある。

青い星

地球が青い星であるのを知ったのは、中学生の頃、ソ連のガガーリン宇宙飛行士によってだった。

それまでは、地球は土の地面がどこまでも茶色で覆われている、地味な所だと思っていた。

青く美しい星であるのがわかり、目の前がパーッと明るくなった気分だった。

アメリカのアポロ11号が月へ行ったのは、テレビで見た。

ポルノグラフィティの歌、「アポロ11号」のCDを持っている。

三十五歳頃、太陽の光が地球に届くまで八分と少しだと知ったし、四十歳頃、地球が一秒に四メートルほど自転しているのを知った時は、そんなに動いているんだと全細胞が若返った。

五十歳の頃は、宇宙から、絶えず宇宙のチリのようなものが降りそそいでいて、髪の毛につもっているのを知り、ニュートリノが私たちの体を貫いているのだと知り、宇宙のなかで生活しているのが実感できた。

天使

宇宙的な地球に住んで、ある日、不思議な出来事に遭遇する。

私の夫がリストラに遭い、節約生活をしていた頃のこと、私は大型スーパーで買い物をして、バスに乗って帰る時、財布をみると、お札は一枚もなく、小銭がいくつかある。手の平に乗せてみると、十五円程バス賃が足りない。買い物した時、ギリギリいけるだろうかと思ったのだが、足りない。

困ったなーとうなだれているうちに、降りるバス停にきた。手の平にお金を乗せ、

「これだけしかありません」

としょんぼり運転士さんに言うと、
中年の運転士さんはニコッと笑って私の目を見て、

「いいですよ」

笑顔で言ってくださった。

これまでその運転士さんは、バスが曲がり角にくる度に、

「右に曲がります。足元ご注意ください」

と必ず大きな声で言うので、私は、そんな曲がり角の度に言わんでいいやろ、と内心思っていた。

その運転士さんが、私に笑顔を見せてくださった時、白い光が運転士さんを、後光のように包んでいるのを見た。

超、不思議な出来事だった。

足りなかったお金は、翌々日、駅前の事務所に持っていった。

その時、その運転士さんはおられなかった。

お名前をおききすればよかったと、後になっても、ずっと思っていた。

そして、そのあと、その運転士さんのバスには二度と会えなかったのだ。

定年で、退職されたのだろうか。

もしかして、宇宙から遣わされた天使だったのかもしれない。

詩とメルヘン

やなせ・たかし先生の、「詩とメルヘン」に何度も載せていただいた頃、東京のやなせ先生のコンサートに夫と行った。

草月ホールで、コンサートはあった。

晴れ女の私なのに、珍しく、雨が降っているのだった。

傘立てに傘を立て、コンサートが幕をあけ、やなせ先生にピンクのカンパニュラの大きな花束を舞台の下からお渡しし、コンサートを満喫した。

帰ろうと、人々の流れのままにいくと、来た時とちがう入り口に来ている。これでは傘が探せない。

私の他にも、戸惑っている人が何人かいた。だれかが係の人に言うと、急いで傘を取りにいってくれた人がいて、傘をさしてタクシーに乗ることができた。

赤坂のホテルに泊って、翌日、やなせ先生の、「アンパンマンショップ」に行った。

お店に入ると、昨晩コンサートのあとで、傘を取りにいってくれた女性の方がいらっしゃる。

私は昨日のお礼を言った。

S・Yさんとお名前を知り、関西弁で話されるので親しみを感じた。

若い女性の方とお二人で、お店をまかされていらっしゃった。

S・Yさんは落ちついた物腰で、信頼できる方なのが伝わってくる。

私より年下と思うが、私などとても足元にも寄れない、立派な方なのがわかる。

やなせ先生の住んでいらっしゃるお家を、外からでも見てみたいと、地図を書いてもらった。

やなせ先生のお描きになる、少女の絵を買いたいと思ったが置いてなくて、緑色のしっかりした、筆箱より大きい、アンパンマンの絵の描いてある箱を買った。

「あけぼの橋」を夫と探して歩いて行った。地図に描かれたあたりの道を歩くのだが、いったりきたり、橋らしいものはない。

歩いている人に、あけぼの橋をきいた。

橋ではなくて、地下鉄の駅（曙橋）なのだった。

地下鉄に乗り、

〝憧れの新宿片町三丁目〟

と、よく頭のなかでとなえていた場所を、探し当てることができた。

白いビルが二つつながっていたように思う。片方がお仕事場で、片方がお住まいかなと見ていた。

しばらく、そのあたりを散策した。

家に帰り、S・Yさんにお手紙を差し上げ、S・Yさんがアンパンマンのお葉書をくださった。その文字は、しっかりしているが、ものすごく若々しい文字なのである。

毎年、お年賀状のやりとりをしている。

猫を飼っていらっしゃり、写真を送ってくださった。床や家具がよく掃除され、ピカピカで、大尊敬だ。

私が、安物のリボンで、小さな巾着袋を作ってお送りすると、お雛祭りの頃だったので、そばに飾ってくださるとのことで、恐縮した。嬉しい方である。

本屋さん

いつの頃からだろうか。

本屋さんに行くと、夥《おびただ》しい数の本があって、この中に私の本があれば、と夢想するようになった。

二〇二二年に、文芸社さんより、『私の花物語』を出版することができた。

お世話になった、あの方この方、私の好きな人たちに、せっせと本をお贈りした。

きょうだいも喜んでくれ、紅い蘭の鉢植えを贈ってくれ、食事に行きなさいとお金をくれ、五人の友人たちは紅い蘭の鉢植えと図書カードを贈ってくれた。友人たちは、文芸社さんが作ってくれたチラシを本屋さんに持っていってくれ、感謝でいっぱいだ。

いつも地域のために働かれて頼りになる存在の民生委員のY・Kさんにも励ましていただいた。

大阪の紀伊國屋書店で展示をしてもらい、写真を撮りに行き、大阪毎日新聞本社ビルにも届け、写真を撮った。額に入れて部屋に飾っている。

私の写真はピンクの額に。

飛行機雲の写真は大きくして、水色の額に入れて飾ってある。
ヘリコプターの写真はスマホに撮り、大事にとってある。
コピーを手伝ってくれ、重たいのを持ってくれ、晩ごはんの買い物をしてくれた夫に、
ありがとうの気持ちでいっぱいだ。

ハンサム・ウーマン

先日、久しぶりに風邪をひき、近所のかかりつけ医師に診察してもらった。

女性の三十代くらいのY・N先生。美しい方で、その日も大勢の患者が待っていた。

私の番がきて、もうカッコよくてにっこりする。

診察が済み、「九月に本が出来ます」とお伝えした。『私の花物語』と『詩集　虹が好き』

もお贈りしている。もっとお話ししたいなーと思う憧れの方だ。

ららぽーと

阪神甲子園駅から歩いて十分ほどの店舗、横に長い二階建ての、「ららぽーと」の、「旭屋書店」に、いつも行く。

女性係長の、M・Aさんに、『私の花物語』をお贈りして、

「若い頃から、本屋さんに行くたびに、この中に私の本があったらなあ、と思っていたんです」

と言うと、次行ったら、高名な作家の間に、恐れ多くも、私の本が平台で並べられてあるので、びっくりぎょうてんした。今は背表紙で高名な作家に挟まれて、ありがたい。

ずーっと、私の本を置いてくださっている。

M・Aさんは、一生の恩人だ。

ビジネス書担当の男性、M・Hさんも、仕事熱心な方で尊敬している。そして、女性のM・Nさん。お三方と、暑さ寒さの簡単な会話ができるのを、心の底から嬉しく思っている。

羊歯

ところで、ここでちょっと自慢をしたいが、一九九五年の阪神淡路大震災の時、神戸の三ノ宮の、被災したセンター街の花屋さんで買った羊歯《しだ》の鉢植えは、南向きの居間の、コタツの横の小さなサイドボードで、今も元気である。植え替えをようしていないので、根元が盛り上がっている。

園芸家の方に見てもらえれば、誉めてくださるだろう。

毎日、羊歯の緑に、目と心を癒されている。いつも、心の中で話しかけている。三日に一度ほど、水をやっている。親友である。

旅

豊岡

若き日、一人で豊岡に買い物にいくと、駅前広場に人々が集まっている。そばにいる人にきくと、皇太子殿下と美智子妃（当時）がいらっしゃるそう。ほどなく、お姿を現され、二つの大きな台に登られた。白いスーツと、オフホワイトのスーツをお召しになっておられた。光り輝くお美しさであった。何という運のいい私、五十余年経っても目に目映い出来事である。

姫路城

そして若き日、K子さんと姫路で映画を見て、姫路城へ行った。天守閣を目ざしたが、迷って行けず、服を買いに行った。最近テレビで知ったが、敵が近づけないように設計してあるとのことだ。

鹿児島

新婚旅行で大分県と鹿児島県に行った。丁度お祭りの日で、大通りにお稚児さんの行列や、次々にパレードがあった。エンゼルトランペットという白い大きな花が咲いている大木があった。

ホテルの高い窓から、眼下に透きとおった波が寄せては返している。その美しさに見とれて、三十分以上見ていたので、夕食にいくと、豪華なハワイアンソングとタヒチアンダンスがもう始まっていて、その迫力に圧倒された。もちろん、食事も豪華だった。

鹿児島といえば、高校の修学旅行も思い出深い。バスを何台も連ねて回り、お土産屋さんのお店の畳敷きの明るい部屋に、西郷隆盛そっくりのおじいさんが座っていて、私たち大勢の修学旅行男女が、

「西郷隆盛や」

「西郷隆盛や」

と、小声で囁きあった。

着物を着て、どっしりと座って、私たちの驚嘆ぶりにも動じずにおられたので、もう慣れっこになっておられたのでしょう。

その頃の私たちが、西郷隆盛の写真を見ていたかわからないが、だれもが西郷隆盛みた

いに感じていた。

大人になって、テレビや新聞や雑誌で見ても、よく似ていたと思うから、子孫だったかもしれない。

宿の夕食のあと、友人たちとお土産を買いに歩いていると、ふいに、軍服姿の西郷隆盛の銅像が現れたのであった。

鹿児島から帰途につく、町の中を走るバスの中で、振り向くと、桜島が噴煙を上げた。初めて見たので、本当に運がいい。

バスガイドさんが旅行中、いろいろな鹿児島の歌を歌ってくれ、♪うんだもこーらいーけなもんな♪という歌は今でも歌える。

それから宮崎県に行き、日南海岸の鬼の洗濯板、という、岩がずーっと広がっているのも、まだ目に残っている。

三ノ宮の美術館で、宮崎県出身、天正遣欧少年使節の、伊東マンショ、千々石ミゲル、中浦ジュリアン、原マルチノの展覧会に行き、四人の少年の肖像画を、しみじみ見つめた。

カトリック教会は遠いので、朝五時に目がさめた時はラジオの「心のともしび」を聴いている。

灯台

伊勢に行くと、お正月はとっくに過ぎているのに、家々の玄関の上に、お正月飾りがしてあった。

伊勢神宮は、郵便局に勤めていた時に、局員旅行で行ったことがあり、五十鈴川の透きとおった水が清らかだった。

ついでに書くと、局員旅行で初めて行ったのは伊豆の近くの大島で、三段の寝台列車に夜どうし揺られて、船で大島の宿に着き、アシタバ、という成長の早い野菜を知り椿油は重たいのでよう買わなかった。

局員旅行では、愛媛県の伊予にも行き、大広間で食事をしている時、同僚の年配の男性が、襖を少しそっと開けのぞくと、隣の大広間では、松の緑の歌舞伎のような衣装の男性の踊り手さんたちが歌舞音曲をしているのだった。そのような豪勢なものを見ても、お金持ちになりたいと思うことのない、欲のない私であった。

波切《なきり》と伊良湖への旅。安乗埼《あのりさき》の灯台に登った。眼下の青い海がキラキラして、いつまでも見ていたかった。鳥羽水族館で、ノコギリザメの四角の頭におどろき、北杜夫の、「どくとるマンボウ航海記」を読み、マンボウに憧れていたが、マンボウはそれほどいいと思わなかった。クリオネの可愛さに見とれた。サメといえば、大阪に「海遊館」ができて見にいくと、でっかいジンベイザメが、赤いセーターの私めがけて泳いできた。

高知

やなせ先生の、「詩とメルヘン絵本館」が建ったので、早速出かけた。

飛行機で着き、「はりまや橋」の近くでバスに乗って、国民宿舎の宿に着き、桂浜を見に行った。坂本龍馬の像を見上げ、「坂本龍馬記念館」で暖かみのあるみごとな達筆の、姉の乙女さんに出した手紙が沢山展示されていた。達筆といえば私の次兄は、坂本龍馬のようなみごとな筆文字を書くので、見てもらいたいくらいだ。

今「毎日新聞」の朝刊に、天童荒太さんの小説、「青嵐の旅人」が連載されていて、坂本龍馬が登場し、手に汗にぎり読んでいる。

宿の夕食のカツオのタタキがすばらしく美味しくて、お代わりをした。土佐の人が羨ましかった。

翌日、電車とバスを乗りついで、「詩とメルヘン絵本館」に着いた。白い四角い建物で、この中に私の作品も収蔵されている、と誇らしかった。「詩とメルヘン」がいっぱいあり、頁を広げて展示されているのもあった。

花の丘

大阪万博公園跡地が、広大な庭園になっていて、春はひなげし、秋はコスモスの花の丘を散策した。

東京

結婚してしばらくして、中学校の修学旅行以来に東京に行った。

地図を見て、駅の前にあるから迷わず行けるので、「赤坂東急ホテル」にした。

ホテルで夕食をとっていると、記念撮影が回ってきたので撮ってもらった。

銀座の「イエナ洋書店」に行った。入ったところに洋雑誌があり、インテリアの雑誌を買い、今も持っている。

東京に行く度に、「赤坂東急ホテル」に泊まった。昨年ホテルが閉じられる、とテレビで知り、その時、石原裕次郎が十四階のバーの常連だったことも知り、バーに行ってみたかったと思った。

最後に行った時、駅を出ると広い道路の前に、「赤坂東急ホテル」が横長に広がり、壁面に、森下洋子の「くるみ割り人形」の公演の、大きな広告がかかっていた。

大阪の「フェスティバルホール」や三ノ宮の「国際会館」で、森下洋子のバレエがある度、観に行ったので、私の記憶の懐かしいホテルの最後にふさわしい、と目に残っている。

山と川のある村

中学生になった頃、遠足のような、山を歩く行事があった。

山登りだが、道はそれほど険しくなく、隣村へ歩く道が続いていた。

お弁当を食べて、山道を歩き、山の中の広場で帰り道になり、引き返した。

ふと気がつくと、女子五、六人の私たちがとり残されて、周りに生徒たちはいない。

そこらを探しまわったが、誰もいない。

途方にくれていると、中学校の先生たちが探しに来てくれた。

ほっとして、皆揃って、迎えの人たちに付いて帰り道を歩いた。

山を降り、村道が見えると、一学年一学級の全生徒が、二列に行列をして、迷子になった私たちを待っている。

その光景が、六十余年近く経った今でも、ありありと目に浮かぶ。

その行事は、一度限りだった。

玄武洞

中学校の遠足で、豊岡の近くの、玄武洞に行った。

玄武岩のとれる所で、洞窟になっている。

最近テレビで見ると、中に入れないように囲いがしてあったが、当時は中に入れた。

事務員の若い男性が、中に入り、私たちは外にいて見ていて、その方が出られると同時に、ものすごく大きな岩が、ドンッと落ちてきたのだ。まだこちらを向いて出てきたばかりのその方が物音に振り向き、あっけにとられ、私たちもあっけにとられて、呆然としていた。その方と私たちは、まだびっくりしてつっ立っていた。

中学校を卒業する時、高校生や社会人になる心得を話しに、教室に来てくださった。

お茶碗やお椀を洗う時、底ばかり洗わずに、縁をよく洗いなさいと教えられたのを、いちばんよく覚えていて、忘れずに毎日行なっているのである。

ラジオ

ベッドに入り、眠りにつくまで、ラジオを聴いている。

十一時五分に始まる、ＮＨＫの「ラジオ深夜便」の、毎日変わるアンカーの方の、ＮＨＫに来るまでの道に、季節の花が咲いていた、などのちょっとした話が楽しく、翌朝五時までのメニューを聞く。

俳優やバレリーナのインタビューがあり、零時台は、星の話や、アジアやヨーロッパ、アメリカなどから、その地に住んでいる、特派員の方たちのレポートがある。

二時台は外国の音楽、三時台は日本の音楽、四時台は各界の方々の、ためになるお話を、沢山聴いてきた。

須磨佳津江アンカーの、「花が好き！　自然が好き！」の本を持っている。

山登りが趣味の、高橋淳之アンカーの、ナチュラルな声に癒される。

第二土曜日の、森田美由紀アンカーと、芸人藤井隆の、「深夜便ビギナーズ」も、二人の息がピッタリで楽しい。

朝は「ＦＭこころ」の野村雅夫さんのＤＪの番組が素敵で、月〜木の朝がくるのが楽しみだ。「チャオ・765」どのコーナーも、ためになる。

道の上で

道を歩いていると、よく道をきかれる。

今はスマホで道がわかるが、少し前までは、阪神電車で梅田に行き、地上に出たところで、若い女性に、（今はもうない）「梅田コマ劇場」への行き方をきかれ、右の道に入るところがわからないかなと、道案内をして喜ばれた。

同じく、阪神電車を出てまもなく、若い女性に、阪急梅田駅への行き方をきかれ、私も、「紀伊國屋書店」へ行こうとして同じ場所なので、付いてきてもらい、「阪急デパート」の、外の道を歩き、観覧車のある、「梅田ヘップ」の手前で混雑する動く歩道に乗り、阪急電車駅への、駅に上がるエスカレーターの所まで案内して、とても喜ばれた。

こう書いていると、暇な人、と思われるだろうが、何よりも私が、方向音痴で、迷子になるのが怖い人間なのだから。

私も、いっぱい教えてもらい、その有難さが、身にしみているのである。

ベルフェゴールは誰だ

勤め始めて、まだまもない頃、テレビはまだ白黒で、NHKの三十分番組で、フランスのドラマを見ていた。

ルーブル美術館に勤めている人たちが、〝ベルフェゴール〟という、謎の人物に遭遇する。何しろ、六十年ほど昔のことなので、粗筋は定かではないが、何ということか、私はその最終回に、宿直勤務になってしまった。

ベルフェゴールが明らかにされるのに、見ることができない。テレビを見たいから勤務を変更してください、とよう言わず、家の人たちに見てくれるよう頼んだと思うが、誰も興味がないので、宿直明けで帰ってくると、見てくれていないのだった。

ジュリエット・グレコ、というと、今では知る人も少ないと思うが、いつも黒ずくめのドレスで、フランスでは偉大な歌手だった。

そのジュリエット・グレコが出演していて、ドラマが展開していく。

夜のルーブル美術館の、人っ子ひとりいない廊下を、両手を前にだして、無表情に歩く姿が、遠くから映されるので、顔はわからない。幽霊のような人物だった。

ジュリエット・グレコが、大阪の「フェスティバルホール」に来て、私は黒い衣装ばかり見るのも、何だかなーと思い、でもやっぱり見よう、と思い、当時は建て替え前の、二階席に足を運んだ。

歌唱が始まり、圧倒された。

力強い、上等な、生きている意味、というものが、言葉はわからないけれど、伝わってくる。

二階席でも、じゅうぶんに伝わってくる。

そういえば、フランス映画の、「天井桟敷の人々」をテレビで見たが、二階に、高貴な人用に、豪華なカーテンで囲われた個室が、いくつも作られているのだ。

私は、歌手やミュージシャンを近くで見たくて、前の方で、いつも観てきた。

ジュリエット・グレコを聴いて、ドラマ「ベルフェゴールは誰だ！」を思い出し、ベルフェゴールは誰だったんだろう？　と　何年かおきに思い出し、ようやく七十歳の頃、結論が出た。

ジュリエット・グレコに決まっているじゃない！　と。

フェスティバルホール

大阪の「フェスティバルホール」で観た、歌手やミュージシャンたち、チケットや半券やチラシ、パンフレットが箱に残してある。

感激や感動、楽しさをくれた人たち。

小澤征爾がついこの間（二〇二四年）二月に亡くなり、オーケストラを指揮していた姿は鮮明で、消えることはない。奥さまの、入江美樹さんの詩集「愛のいたみを」の、「白い霧のふるもり」と、「さみしい夢」に夢中になった、まだ詩を書けない若い私だった。ご子息の小澤征悦さんも大好きだ。奥さまの桑子真帆さんも好き。

フラメンコの舞台。美しい衣装、異国情緒あふれる歌声、ギターの音色、手拍子、かけ声、男性ダンサーの力強い足踏み、女性ダンサーの唇にくわえた赤い薔薇の花、ああーうっとりだった。

宗次郎が来るたびに聴きに行った。私もオカリナを持っているが、きれいなハンカチに包まれしまってある。

最初の頃、一度だけ、束ねた長い黒髪を、帯締めのような薄紫の紐で蝶結びに結び、素敵だなーと思ったが、重たいのだろう、その時だけだったが、目に鮮やかに残っている。

イングヴェイ・マルムスティーンも、来るたび行った、若き日々。メロディの美しい、イングヴェイの、超上手な、エレキギターの音色。奥さまとご子息とのお幸せを、いつも願っている。

上野水香主演東京バレエ団「白鳥の湖」は、家に帰ってきたら十一時前の熱演だった。来世はバレリーナになりたいかな。

沢山の歌手たち、ミュージシャン、舞台人に、心からありがとうを言います。

国際会館

三ノ宮駅から、南に歩いてすぐの所に、「国際会館」がある。会場に入り、オーケストラボックスのところまで歩いていくと、オーケストラの人たち何人かが、演奏前の練習をされている。ワクワクして、生音を聴く。

岡本に住んでいた頃だったか、バレエのチケットを、法村友井バレエ団に電話して、送ってもらったことがある。

「シンデレラ」の公演だった。まだ観たことのない演目で、シンデレラは大好きなので、電話をした。忘れもしない、お名前をそっとおききすると、かの有名な桜子さまなので、私はかしこまって、何て優しいお声の方なのだろう、と大いに感動した。

バレエの一場面、白いクラシック・チュチュのバレリーナたちが、お城へ、と片手をあげて一直線に指差している姿が美しく目に浮かぶ。

お城へ、と私も心を躍らせた。

ああ、バレエって、この世で何と素敵なものなのでしょう！

「シンデレラ」は、「フェスティバルホール」であったかもしれないのですが。

何しろ、私は喜寿に年を重ねたのです。

さて、「国際会館」では、シルビー・バルタンを見たのも、忘れがたい。

「アイドルを探せ」の歌を歌っている、フランスの歌手、姿、形も美しいシャンソン歌手。

長い髪を揺らして、両端に男性ダンサー二人を従えて。フランス語に憧れていた。

六十の手習いで、テレビの「フランス語講座」を三年くらい、テキストを買って見ていたが、近くに話す人もいず、上達せず。

フランス・ギャルも好きで、「夢見るシャンソン人形」はゆっくりな歌なので歌えるかと思ったが、CDを聴いても覚えられず。

この曲を作った、最近亡くなってしまったジェーン・バーキンと結婚していたセルジュ・ゲーンズブールを、「サンケイホール」に聴きに行ったこともあった。

サンケイホール

大阪の「サンケイホール」では、美輪明宏の「黒蜥蜴」を、珍しく夫も観にいくと言うので、二枚チケットを買いに行った。

着物を着た美輪明宏が、怪人を演じる。女首領で部下を率いる。髪を結って立ち廻る。ピストルが「パンッ」と鳴ったのが耳に残っている。かっこよかった。

美輪明宏が白いドレスに赤いストールで、金髪に金色の三ツ編みのカチューシャの、雑誌の表紙を切りとり、壁に飾っている。

歌を聴きに行ったこともあった。「愛の讃歌」など、これぞ歌手、という美しい声量、歌唱力で、聴きごたえ、見ごたえがあった。

美輪さん、私に、よい運気を、その微笑みで贈ってください。

観音山

小さい頃を、ふと思い出した。

小さな町の駅前の、駅前の道路から路地に入ったところに、一階から階段で二階に上がる、上下一家族の住む長屋にいた頃のこと。

表通りにでたすぐの所に、鉄工所があり、一つ年下の女の子と仲良く遊んだ。

町のすぐ近くに、小さい子でも登れる、「観音山」という丘のような山があり、曲がり角がいくつかあって、曲がり角ごとに桜の花が咲く。

その子と私が山に登り、私は全く忘れているのだが、姉が言うことには、姉と友人が並んで話していると、私とその子が、そっと後ろに回り、姉と友人の背中を、思いきり押した、というのだ。

姉と友人は、ゴロゴロ転げ落ちたって。

そんな悪いことをするかなあ、と思うが、姉と友人が転げるところを想像すると、可笑しくなって、思い出すたびに笑ってしまう。

その子の名前も忘れてしまったが、〇〇ちゃん、元気でいるかなあ、会いたいね。

宇宙人ジョーンズ

「宇宙人ジョーンズ」のテレビのＣＭが、大大大好きで、シリーズで一カ月くらいだろうか、テレビに映ると、キッチンにいても、走って見にいく。

トミー・リー・ジョーンズが、宇宙人で人間になっていて、その回ごとに、共演者の俳優たちも変わり、場所も変わり、飽きない。

いちばん最初に見たのは、何年前だろう、だれかを背負って石段を降り、超能力で、悪者をやっつける。七、八年も前かなあ、いつも始まるのが楽しみで、始まると、ＣＭごとに、次宇宙人か、とそわそわする。

この前のは、飛行機の翼に乗っているのだった。

トミー・リー・ジョーンズの映画も観に行った。

いちばん最初のは、ニューヨークの街角のお店に行き、お店の奥で格闘してやっつけた。

黒メガネをかけて、黒ずくめのスーツで、二人一組で、展開していく。

宇宙人も出てくる。

トミーの会社にいくと、いろんな宇宙人が大きな部屋にいて、興味深い。

わるい宇宙人もいるので、トミーと相棒は戦い、もうダメ、と思っても何かが起きて助かるので、映画は楽しい。

何本目かの映画で、引退して、郵便局員になって、郵便物の仕分けをしているところに、相棒が仕事の依頼にきて、再び、悪い宇宙人をやっつけに行く。

コテンパンに叩きのめす。

事件が解決して、ニューヨークの喫茶店で、二人でコーヒーを飲む。

そのお店の、二人が座っているカウンターや椅子に、ニューヨークって、こんな感じなんだなーと、私も寛ぐ。

「スパイダーマン」や「スター・ウォーズ」や、「インディ・ジョーンズ」の映画も、初回から見に行っている。

いやあ、映画って、本当に楽しいものですね。これは、FMこころのDJ、野村雅夫の決め言葉。

ニューヨークの映画の、街の風景を思い出していたら、フラッシュバックするものがあった。

忘れてはならない、凛々しい日本男子、輝く、田村正和さま。

テレビの「ニューヨーク恋物語」を、夢中で見ていた。一週間経つのが待ちきれなかった。

恋人になったのが岸本加世子で、テーマ曲は井上陽水の「リバーサイドホテル」。素敵なメロディで、名曲だ。陽水歌唱。

田村正和を、フランス人の、フランソワーズ・モレシャンさんも、フランス訛りの日本語で、パリジャンのようにカッコイイ人だ、とテレビで話していたのが懐かしい。

モレシャンさんは、NHKの「フランス語」の教師をして、民放テレビにもよく出演され、雑誌の「アンアン」や「ノンノ」にも出ておられた。

昨年（二〇二三年）、十二月十五日、金曜日、BS5チャンネルで、「忠臣蔵〜その男、大石内蔵助涙の討入り!!」主演、田村正和が放映された。

精魂を込めて見た。

それにつけても、日本の着物、裃《かみしも》というものは、世界に誇れる衣装だ。

「徹子の部屋」に出演して、黒柳徹子が田村正和の車に追突したと徹子が話していたのも忘れがたい。「何ともありません」と紳士で。

田村正和は、七十七歳で亡くなった。

実に惜しい。

郵便はがき

料金受取人払郵便

新宿局承認

2524

差出有効期間
2025年3月
31日まで
（切手不要）

160-8791

141

東京都新宿区新宿1－10－1

(株)文芸社

愛読者カード係 行

お名前《ふりがな》			明治 大正 昭和 平成 年生 歳		
ご住所《ふりがな》	□□□-□□□□			性別 男・女	
お電話番号	（書籍ご注文の際に必要です）	ご職業			
E-mail					
ご購読雑誌（複数可）			ご購読新聞 新聞		

最近読んでおもしろかった本や今後、とりあげてほしいテーマをお教えください。

ご自分の研究成果や経験、お考え等を出版してみたいというお気持ちはありますか。

ある　ない　内容・テーマ（　　　　）

現在完成した作品をお持ちですか。

ある　ない　ジャンル・原稿量（　　　　）

書　名				
お買上 書　店	都道 府県	市区 郡	書店名	書店
			ご購入日	年　　月　　日

本書をどこでお知りになりましたか?

1.書店店頭　2.知人にすすめられて　3.インターネット(サイト名　　　　　　)

4.DMハガキ　5.広告、記事を見て(新聞、雑誌名　　　　　　)

上の質問に関連して、ご購入の決め手となったのは?

1.タイトル　2.著者　3.内容　4.カバーデザイン　5.帯

その他ご自由にお書きください。

(　　　　　　)

本書についてのご意見、ご感想をお聞かせください。

①内容について

②カバー、タイトル、帯について

弊社Webサイトからもご意見、ご感想をお寄せいただけます。

ご協力ありがとうございました。

※お寄せいただいたご意見、ご感想は新聞広告等で匿名にて使わせていただくことがあります。

※お客様の個人情報は、小社からの連絡のみに使用します。社外に提供することは一切ありません。

■書籍のご注文は、お近くの書店または、ブックサービス(0120-29-9625)、セブンネットショッピング(http://7net.omni7.jp/)にお申し込み下さい。

もっと長生きしてほしかった。

それから、上川隆也の「大地の子」一九九六年、山崎豊子原作のＮＨＫテレビドラマを、毎週泣きながら見ていた。中国に置き去りにされた戦争孤児、陸一心。中国語80％という難役だった。あまりにも引きこまれ、ドラマが終わっても、テレビで上川隆也を見ると、特別な気持ちになる。

フランス映画

フランス映画、というとアラン・ドロン。アラン・ドロン、というと、テレビの映画劇場では、「太陽がいっぱい」をよくするが、この前は「パリは燃えているか」をやっていた。ずっと見逃していたので、やっと見た。

私の好きなオーソン・ウェルズが、若々しいのですごくよかった。

アラン・ドロンは、何といっても、「お嬢さん、お手やわらかに」が好き。

ミレーヌ・ドモンジョとパスカル・プチが、アラン・ドロンを取りあって、最後は、アランが腕でミレーヌを、足でパスカルを押さえつけて、三人が床《ゆか》でねているシーンで、楽しかった。

白黒だが、アランもミレーヌもパスカルも若くて、アランの瞳が澄んでいて、キラキラ美しかった。

イタリア映画

オードリー・ヘプバーンの、「ローマの休日」を、若き日、K子さんと見た。宮殿を抜けだして、眠り薬がきいてきて、噴水のそばで眠りかけたのを、新聞記者のグレゴリー・ペックが通りかかり、自分の部屋に連れて帰る。長い髪をショートにして、グレゴリーのスクーターに乗って、ローマの街をかけ回る。最後は王女として、グレゴリーにさよならを言うのだが、楽しい映画だ。テレビでも、放映がある度見ていた。

アメリカ映画の、「ティファニーで朝食を」も何度も見た。白と黒の衣装が美しい、「マイ・フェア・レディ」は、オードリーは主演女優賞をもらえなかった。その理由が、歌が吹き替えだったから、というのはひどいと思う。オードリーの演技は素晴らしく、貧しいイライザがレディーになり、映画を見ただれもがうっとりしたのだから。映画館で見た。

今からでもいい。オードリー・ヘプバーンに主演女優賞をあげてください。

デパートであった、「オードリー・ヘプバーン展」を見に行った。

真夏の夜の夢

シェークスピアの「真夏の夜の夢」の、白黒の映画を、ずっと前、何十年か前にテレビで見た。

イギリス、アセンズの森で、妖精の王オーベロン、女王ティターニア、ハーミア、ライサンダー、ディミートリアス、ヘレナ、そしてパックが物語をくりひろげていく。

その中に、一人のバレリーナが、彼らのそばで、いつも踊っている。

それはそれは愛らしい。

それからしばらくして、三ノ宮のセンター街の、サンプラザの二階のお店で、西洋人形を買った。外国の西洋人形ではなく、日本の女性人形作家の方の作られた、全長六十五センチのお人形。

亜麻色よりの金髪に花のティアラをつけて長い髪は二十に分けられて背中の中ほどまでにそれぞれカールされている。ドレスの生地はピンクのサテンで、衿開きに薄くはりのあるピンクの布がふくらみをもたせてあしらわれ、両肩に同じ布でリボンに結ばれている。袖は肘までがパフスリーブで、手首までは細い。ウエストは細く、スカートはウエストのすぐ下で切り替えられて、ワンピースになっている。スカートの裾はVの字のように八つに切り分けられている。その下のスカートは淡いピンクの張りのある生地で、七十個くらいの、それぞれVの字に切り揃えられて二枚あるので、ボリュームがある。二枚目のスカートのところには、短いV字に切られたのも、ぐるっと付いている。足首の上くらいまである。靴は淡いピンクのサテンのフラットシューズだ。

トルソーは布で綿入りで、両手と両足は肘の下と膝の下まで、お顔と同じ陶製のような素材だ。

お顔は、もうたとえようもないくらい、気品があって、清楚で、可愛らしい。瞳は繊細な青いガラスに描かれて、命があるみたいだ。

白い縦長の戸棚にお人形を座らせて、ガラス戸をあけて髪をなでたり、もう少しゆっくりしたら、二人でお茶会をしようね、と語りかけていた。

阪神淡路大震災で、片足の先が、上に重たい瓶を置いていたので落ちて壊れた。

センター街のお人形を買ったお店は閉まっていて、すぐ近くの、同じ作者のもっと小さいお人形の赤毛のアン、野ぶどうの精を買ったセンター街のお店に事情を話して、お人形を持って行くと、人形作家の方に送ってくださった。

おお！　大切なお人形が、元通りになって帰ってきた。

その方から私の家に送ってくださったので、お礼の手紙を出し、お代金はいらないですとのことで、上等なレースのハンカチーフを三枚お送りしたのだが、とてもそんなものではお礼にならないと、恥ずかしい。

その方のご住所をなくしてしまい、センター街のお店もなくなってしまったが、探しあて、この本が出来上がったら送りたい。

「真夏の夜の夢」のバレリーナが「ヒポリタ姫」で、ヒポリタ姫と名前をつけた。

花博

一九九〇年に大阪の鶴見緑地で、花博があった。

見渡すかぎり、花、花、花。素晴らしい眺め。いろんな美しい花が、区画ごとに、ていねいに植えられ、生き生きと咲き香っている。

花好きの私には、こたえられない楽しさで、どこまでも、歩いた。

「咲くやこの花館」という建物が新しく建っていた。二階建てで、鉄骨総ガラス張りで、温室、冷室もあり、世界中の花が集められている。

ヒマラヤの青いケシの花が、きれいに咲いている。背は低めで、地面に近く、この花を見たくて来たので、大感激だった。

ネパール人と思われる若い男性が、質問する人に話されていた。

ヒマラヤに憧れても、よう行かないので、今思っても、青いケシの花を実際に見られて、幸せだ。二、三輪の青いケシの花が、目に浮かぶ。

赤いチューリップのお人形がマスコットで、絵馬のキーホルダーを買って帰り、枕元に吊って、年月を過ごしてきた。

その日、行きしなに、大阪駅で切符を買っていると、隣の券売機で、外国の男性二人、女性一人の中年の三人連れが、切符を買おうとしておられるので、

「キャンナイ、ヘルプユー？」

と、手にしておられる小銭を、券売機に入れ、買ってあげた。

その頃は、英会話の本を、よく買っていて、スマップの香取慎吾の本もまだ持っているが、全く上達しなかった。

でも、こう書いていると、私ってけっこうお節介な人間なのかな、と笑えてくる。

日銀の植田和男総裁が、十七年ぶりの利上げの会見をしたので、景気がよくなったら、鶴見緑地で、もういちど花博をしてほしいと希望する。

パレード

四十代初めの頃、東京に友人がいて、二人で東京ディズニーランドに行った。

入り口に着くと、その日はもう入場できなくて、深大寺の植物園に行った。石楠花《しゃくなげ》の木に花が円く集まるように、花盛りなのが一番印象的で、あとはよく覚えていないのだが、行きのバス、帰りのバスで、これが東京の人たちか、と大人や子どもたちを眺めていた。友人は私より年下の女性だ。しばらく文通をしていた。

私はディズニーランド行きの洋服、白い背中全体にシャーリングの軽いフード付きパーカー白いスカートで、次の日は、薄紫の花模様の丸衿、フレアスカートのお洒落なツーピースで、こちらの方が植物園に合うのに、と着ていたのだった。

ディズニーランドに入ると、丁度パレードが始まったところで、音楽が、体中を浮き立たせて魔法にかかったみたいになる。

絵本や映画で見ていた、御伽話の主人公たちが、次々に通る。思いきり手をふって見ていた。

シンデレラ城が、何といっても私のお目当てで、友人と予定をたてる時、私は泊まりたいと言ったのだが、泊まれないと言うので、かなりガッカリしたものだ。

夜のパレードは、電飾でキラキラきれいで、うっとり満足した。花火もよかった。

「シンデレラ」の映画、シンデレラ役はリリー・ジェイムズ、王子役はリチャード・マッデン。舞踏会で二人が踊る場面、最初は近づいて離れ、次は手をさしだし掌にふれて離れ、次に手を取り合い、踊りに入っていく。王子さまとお姫さま、貴族たちの踊りって、こんななんだと知った。

シンデレラの青いドレス、裾の長いたっぷりしたスカート、胸のあいた両側にふんわりひろがる衿に、レースで繊細に作った蝶々が、いくつもつけてある。この蝶々は、ハリウッドで、日本人女性が手作りしたものだと、その頃、毎日新聞で読んだ。

フェアリー・ゴッドマザー、といっても若く美しい妖精が、魔法の杖をふり、変身させる。杖をふったキラキラが、しばらく空中に残り消えていくのが、子どもの頃から好きで、何度見ても魂を奪われる。

まま母に、屋根裏部屋に閉じこめられているところに、王子がガラスの靴をもち、国中を探してたずねてきた。

王子は兵隊の一員となって馬に乗っている。シンデレラの歌声がきこえ、パッと服を翻し、王子として姿を現す。胸のすく場面だ。

ハッピーエンド、映画はこうこなくては。幸せ気分で帰途につくのだ。

大阪にできたUSJに行った時、入り口を入って人々がぎっしりいる、と思ったら、パレードが始まるところだった。本当に私は運がいい。

ウキウキしてパレードを見て、ハリー・ポッターの魔法の杖を買った。映画を見ていたので、街並みに、あーイギリスの街や、と嬉しく歩き、制服の男女の人たちの踊りを見て、ホグワーツ城をバックに写真を撮った。

別の日、巨大なクリスマス・ツリーを見に行くと、すごい人出で先に進めず、困ったと思っていると、空で踊っている出し物が終わって、人々がどっと帰ってくるので、踊りは見られなかったが、美しいツリーのそばまで行けてよかった。


コロナの何年か前、神戸港の花火大会を、夫と、船に乗って見た。

駅から海にむかって歩いていくと、歩道はぎっしり人の群れで、すこしも先に進まない。夏なので暑いし、その上、人に囲まれて暑い。船の時間に間に合うか、心配になってきた。

ようやく港につくと、ものすごい人でいっぱいで、目指す桟橋がどこなのか、見通すことができない。首からカードをさげた係の人を見つけては進みして、そこらはもう人々は座って、暗くなるのをカンカン照りのなかで待っている。私が甲子園のセンターにバスタオルをかぶって待っていたみたいに。

ようやく到着して、予約の係の人からお弁当を渡してもらい、乗船時間を待った。ほどなく船に乗り、まず神戸港めぐりがあり、潜水艦が停泊しているのも、アナウンスで知り、見たのだ。

だんだん暗くなってゆき、花火大会が始まった。花火が、次から次にあがり、きれいだ。ふと気がつくと、海上には、沢山の花火見物の船がいるのだった。大きいのや小さいのや、暗い波の上に、波のうねりに花火の灯りが揺れていた。

階段を上がって、二階にも見にいき、また下におりて花火を見た。

堪能して港に帰り桟橋に降り、船を見上げると、舳先から後ろへと、一本のロープか何かに、電飾が点々と薄緑の灯りをつけて美しいのだった。

圧迫骨折

昨年九月に、背骨を一カ所圧迫骨折した。閉所恐怖症なので、広いところでレントゲンを撮ってもらった。

その医師、M先生に『私の花物語』をお渡しすると、写真が趣味で、花の写真を撮ってあげるとおっしゃった。

五月は学会にご出席され、お忙しいことなので、秋の花を撮ってくださるかな、と待っている。今度、そっときいてみよう。

万国博覧会

一九七〇年に、大阪で「万国博覧会」があった。

母と見に行くと、ものすごい人出で、そこにいる人々皆、ウキウキワクワクしていた。

月の石を見たかったが、ものすごい行列で、すぐに見るのは諦めた。

そのずっと後に、「宇宙からの帰還」という、宇宙飛行士の人の本を読んだ。

万博を見て回り、休憩していると、同じ町の、「太郎と花子」というお好み焼き屋の、若いご夫婦も、そこで休憩しておられたので、ものすごい人の中で、よく会えたなと思った。

その晩は、母のいちばん下の弟の家に泊めてもらった。今はもういない懐かしい叔父。

来年、再び「万国博覧会」が大阪である。

人がいても見えない布、を見るのだが、科学が進みすぎて、すこし怖くなる。

空飛ぶタクシーも、間に合ったら、乗りたい。

今年は、オリンピックがあるので、体の弱かった私が、よく元気でいられた、と嬉しい。

パリ

今は六月、来月、パリでオリンピックが開催される。雑誌で、パリの特集を何度見たことだろう。パリは特別な街と、大勢の人が言っている。パリに行けなかったなーと思っている私の前に、一枚の白いTシャツが現れた。胸にパステル色で、エッフェル塔が描かれている。

ということは、まだパリとつながっているのかな、と朝夕眺めている。

石頭に
うなだれ
岩石頭に
ため息して
そうして
出逢えた
金銀宝石頭

あとがき

再び、本を創るとき、丁度、喜寿を迎えることができた。僥倖に恵まれた。

高校に入学して、不登校になりかけた私が、よく辿りつけたと、感謝感激だ。

文芸社の皆様、お世話になった飯塚孝子様、西村早紀子様、岡林夏様、めぐりあいを嬉しく思います。本当にありがとうございました。

桃色昼咲月見草の頃

著者プロフィール
草花 すみれこ（くさばな　すみれこ）
1947年（昭和22年）兵庫県生まれ・在住。
兵庫県立生野高校卒業後、郵便局に電話交換手として勤務。

私家本として『詩集　虹が好き』（2011年、かまくら春秋社）を出版。
『私の花物語』エッセイと詩、夢日記、ファンタジーを2022年、文芸社より出版。

青空散歩

2024年９月15日　初版第１刷発行

著　者　草花 すみれこ
発行者　瓜谷 綱延
発行所　株式会社文芸社
〒160-0022 東京都新宿区新宿1－10－1
電話 03-5369-3060（代表）
03-5369-2299（販売）

印刷所　株式会社晃陽社

ISBN978-4-286-25650-4